가만히 있어도 되는 날입니다

시인의일요일시집 **044**

가만히 있어도 되는 날입니다

초판 1쇄 펴냄 2026년 3월 18일

지 은 이 신혜정
펴 낸 이 김경희
펴 낸 곳 시인의일요일

표지·본문디자인 이율디자인
경영지원 양정열

출판등록 제2021-000085호
주   소 경기도 용인시 기흥구 연원로42번길 2
전   화 031-890-2004
팩   스 031-890-2005
전자우편 sundaypoet@naver.com
블 로 그 https://blog.naver.com/sundaypoet

ISBN 979-11-92732-39-8(03810)

값 12,000원

가만히 있어도 되는 날입니다

신혜정 시집

혹독한 겨울이었다

잔가지를 쳐내자
상처에서 잎이 돋았다

봄의 한가운데였다.

차 례

1부

2부

3부

4부

1부

편지

서쪽으로만 뜨는 해가 있습니다
서쪽으로 져서 서쪽으로만 뜨는

당신의 반대 방향으로만
눕고 반대 방향으로만
생각했습니다

그곳에서 당신이 지고
뜬눈으로 당신이 떠오르는 것을 차마
보지 못하였습니다

사이드미러의 붉은 신호등처럼
지나치는 의미 없는 시그널들을
놓지 못하였습니다

그림자가 해 쪽으로 조금 기울었고
나는 눈이 조금 멀었습니다

경계가 사라진 곳에서 다시
이야기가 시작됩니다

제 꼬리를 물고 뱅글뱅글 도는 개를
한참 동안 바라보았습니다

엑소포니*

밥 한번 먹읍시다 비밀스럽게
아무것도 하지 말고
아무 말 하지 말고
이렇게 만나네요, 우리
수박의 속을 핥고
말에 올라 눈을 감아 보시겠어요?
검은 줄무늬가 머릿속을 휘휘 저으면
나는 헬싱외르에 앉아 헬싱보리를 섞고 있어요
필터를 끼운 렌즈처럼
기억에 세피아를 입히겠어요
인형 놀이하듯 갈아 끼우다 문득
총싸움하듯 죽이겠어요
덴마크에서 스웨덴을 한번 먹읍시다 비밀스럽게
아무것도 하지 말고
닥치고 격렬하게
흐릅시다 해협에서
퐁당 빠진 뱀의
머리에 달린 용의 꼬리처럼

이렇게 붉었네요 우리

사방으로 흐르다

눈물을 쏙 빼고 나면 붉은 살점이 남나요

쏙쏙 수박씨를 뱉으며 우리 백야에서 극야로

긴 것들만 살아남는 창백한 거리로

남아보시겠어요?

광화문에서 종각을 먹으며

보지 않고 믿으면 복되다는 전단지를 받은 사람처럼 잠시

얼떨떨해질까요 그러니까

해를 따라다니다가

영영 눈멀어 보시겠어요? 영원을

보시겠어요?

* exophony, 모어 바깥으로 나간 상태.

아가미

나는 '과묵'과 '침묵'을 발음하는 AI가 제작한 영상처럼, 분절된 프레임으로 두 단어의 입 모양을 한 채였다. 묵, ㅡ묵… 씽크가 맞지 않는 영상처럼 시차를 두고 느리게 시간이 어긋나는 중이었다. *생에서 생을 빼면 무엇이 남는가. 물에서 물을 빼면 무엇이 남는가. 숨에서 숨을 빼면 무엇이 남는가.* 질문을 던지는 차원이 만나는 중이었다. 아마도 폐와 팔다리를 갖지 못한 어중간한 진화의 과정에 있는 생물의 모습을 한 때문일 것이었다. 묵, ㅡ묵, 히 느린 동작으로 시간이 지나가는 것처럼 보였다. 과거와 미래 같기도 한 오래된 눈물일 것이었다. 모든 것은 분명했으며 천천히 다가왔다. 가속기의 중심에 선 듯 세상의 모든 진화가 돌고, 돌고, 돌아 숨이 가빠지는 중이었다. 소리가 사라지는 중이었다. 찰나를 영원으로 바꾸는 순간이었다. 팔다리가 가슴으로 자라났다. 숨 쉬던 폐가 꽃처럼 터졌다. 귀를 닫았다. 밖으로 뻗었던 감각이 내면으로 돌아왔다. 생과 물과 숨의 분자구조가 복잡하게 느껴졌다. 하나씩 버리는 중이었다. 침묵을 발음하자 무가 되었다. 생을 느끼자 새가 되어 날았다. 숨을 닫자 수중생물이 되어 물속으로 들어갔다. 뻐끔뻐끔 마침내 물고기가 되는 중이었다.

진주

눈빛이 빛의 모양으로 서 있다
마주하지 않으면 진공으로 사라지고 말 위태로움을 안고

어쩌다 발을 헛디뎌 나는 넘어졌나
낙상한 곳에 위치한 차원의 굴곡
골절 사이 아득한 간극

붙지 않는 뼈마디와 마디 사이에
당신의 눈빛이 꽂힌다 어쩌면
우리는 한 번의 마주침으로
모든 걸 알아버린 물의 분자 같은 것일지도 몰라
나와 당신이 만난다는 건
섞여도 섞이는 줄 모르는
내가 내가 아닌, 결국

삼중수소가 물에 녹아든다 시시각각
우리는 치명적이고
당신의 눈빛만 남아서 서글프게

찬란할 뿐이고

내가 그린 늑대 그림

늑대 한 마리만
늑대 한 마리만 그려 줘

그러자 그이는 내게 낡은
책 한 권을 건넸다

네 귀퉁이가 해진
사족이 많은 책이었다

한밤중 꿈속에서 길을 잃지 않기 위해
늑대를 세는 중이었다

사각의 틀에 늑대들을 가두기 위해
그이는 단단한 책 표지를 들췄다
먼지가 제법 낀 양장본이었다

댈러웨이 부인에게 물어보자
그날 강가에 놓인 지팡이가 누구의 것이었는지

늑대 한 마리만
늑대 한 마리만 그려 줘

아주 작은 소리로 이야기하던 소녀는
늑대와 결혼해 늑대의 성을 받았어요

작고 예쁘고 하얀 소녀여야 하지요
런던의 안개 낀 거리엔
늑대들이 출몰합니다

오, 문장들이 서로를 침범하기 전
표지를 덮어 네 귀퉁이를 꼭 붙들고
단단히 꿰매어 보겠습니다

그이가 건넨 것은
열리지 않는 책

사방이 꿰매진 책에는
얼기설기 자다가 흘린 꿈들
양과 늑대가 어깨를 맞대고 자는 풍경

그것은 악몽
악몽 속 악몽

식은땀을 흘리며 일어나도 꿈
이미 양은 죽어 있고

양가죽으로 만든 구두를 신고
양털로 만든 옷을 입고

늑대에게 가보자
늑대에게 가보자

양의 탈을 쓴
작고 예쁘고 하얀 소녀야

이제는 소녀가 아닌 소녀야

탈을 벗어버리렴
늑대가 쫓아오지 않는 꿈을 꾸렴

가지런히 양가죽 구두를 벗어
강물에 놓아 보내자

건기에 사라진
늑대 한 마리가 저기, 저기서 뛰어오네

책장의 낡은 귀퉁이를 찢으며
먼지를 풀풀 날리며

그이는 바늘로 해진 귀퉁이를 재빨리 수선하고
안개 속에 남겨진 차가운
그림자를 꿰매고 있지

늑대의 그림이 완성된 것을 아무도
아무도 모르게

검은 시절

터널로 들어가
눈을 감은 적이 있다
눈을 떠도 끝까지 차오른 채도는 같은 색으로 빛났고
얼굴 없는 말들이 가슴에 별처럼 박혔다

전형적으로 잘 살다 간 이의 부고는
죽은 이를 위한 것이 아닐 것
이제 막 가정을 꾸린, 막 백일이 지난 아기를 둔, 두 달 후
결혼 예정이었던,
이야기가 청자들의 마음을 슬픔으로 물들이는 동안
그이가 지워지고 만다

막 떠나가 버린 연인보다
다정했던, 친절했던, 소중했던, 함께했던 순간들이 그리
울 것

그러니 애도는 남겨진 자를 위한 것
죽은 이에게 한 줌의 흙을

남겨진 이에게 거액의 보험금을

그렇게 잘 살다 간 이여
여기 그렇지 못했던 이여
그러나 기록되지 못하는구나

한 동성애자의 죽음에 조명이 켜진다면
그것은 무엇을 했던, 누구의 무엇이었던 순간에 대한 것
이 아닐 것
연인과 친구들과 가족과의 무엇은 조명받지 못할 것
그 없었던 삶이, 지상으로 드러나
살 속에 묻혀있던 뼈처럼 하얗고 앙상한, 그,
그이의 죽음에 덮어줄 따뜻한 담요가 필요하다

여기, 앙상한 나뭇가지
생에서 가장 더운 여름을 보낸 자리
위로 낙엽이 진다
누군가가 죽고 또 누군가가 죽고,

슬퍼하고 또 슬퍼하다가
막다른 골목에서 묻는다
"당신의 들썩이는 어깨는 누굴 위한 거요?"
터널 밖에서 메아리가 돌아온다
"거요, 거요, 거요, 거요…… 킥킥, ……아마, 그럴, 거요, 거
요……"

당신은 떠났고, 나는 감정의 일부를 상실했다
고독 앞에서는 누구나 취약해질 것
갓난아기처럼 투명해질 것

같은 자리에 몇 바퀴 계절이 돈다
영원할 것 같던 순간이 지나간다
그러나 증거처럼 내가 남아 있다
지난 시간이 멀리서 애도하고 있을 것
그리고 터널 밖은 여전히
거요, 거요, 컴컴, 컴컴, 울린다
울리며 가슴에 박힌다

구전설화

— 작자미상

속이 시커멓게 타들어 가는 사람에게 잠깐 시선이 멈춘 적이 있습니다. 우리는 말을 타고 대륙을 정복하던 타타르인도 아니고 그에게 조공을 바치지 않겠다고 선언한 이반 4세도 아닙니다. 피의 복수는 활자 속에 존재하지만, 복수는 누구를 위한 겁니까. 목이 두 개인 것처럼 싸워도 목숨은 원래 없던 것처럼 날아갑니다. 전쟁인 줄도 모른 채 죽임을 당합니다. 맑은 물에 떨어진 잉크처럼 죽은 아이의 곁을 지키는 어미의 마음은 순식간에 암흑이 되고 맙니다.

평화. 그것은 전쟁이 아닌 시간을 말합니까. 신을, 왕을, 국가를, 무엇을 위하는 것은 신성해서 사람들은 파리처럼 전쟁터로 향했습니다. 역사에 남을 건축 현장을 부역했습니다. 백년 후에 없어질 왕과 신들이시여, 그대들은 정복하면 왜 기쁘십니까. 살인을 정당하게 만들고 죽음을 신성하게 만드십니다. 성공하지 못한 살인은 반역이 되고 성공한 전쟁은 위대한 역사가 됩니다. 오, 나는 어제 죽었습니다.

목이 달아나려 하고 사람들은 그것을 붙들려고 하였습니

다. 몸과 목이 마치 같은 극을 만난 자성처럼 서로를 밀어내는 장면. 광장에 선 군중, 무장하지 않은 사람들을 총칼로 쓰러트리는 저지선. 바닷물이 밀려드는 배 안에서 가만히 있을 것을 종용당하던 시간의 기이함.

평화는 어느 쪽입니까. 천천히, 슬로우모션으로 장면들을 합하고 편집해봅시다. 아주 많은 레이어를 겹쳤는데, 핀이 점점 선명해집니다. 같은 자리에 같은 장면이 매번 연출되었던 놀라운 파노라마입니다. 백년의 시간 동안 왕은 사라졌고 국가들은 전복되었습니다. 귀족들은 끈질기게 연명하고 신은 계속해서 새로운 신화로 재탄생되는 중입니다.

목숨이 없이도 무기한 지속되는 이것은 삶입니까. 백년 전에 나는 죽었습니다. 복수는 어느 편에 존재합니까. 비가 오고 바람이 부는 것은 비와 바람의 일입니다. 폐기된 신화 사이에서 부화하는 파리를 봅니다.

가만히 있어도 되는 날입니다.

편지

— 투명인간

나는 왼편의 길을 택했다
보이지 않는
시야의 반대편은

고양이 한 마리 또는
사소한 사건들이 지나가는
차단된 세계

주머니 속에 두 손을 꼭 그러쥔 이방인의 기도처럼
세상이 간절해진다

차가운 순백의 시간

담장 위로 뛰어오른 고양이가
시야의 반대편을 가뿐히 불러들인다

그가 남긴 조그만 발자국 위로
재빨리 눈이 덮이고

하양에서 투명까지의 거리를 잴 수 있나
투명의 맛은 차갑고 뜨겁고 녹아내리는 맛

고양이가 발에 묻은 눈송이를 핥는다

혀에 닿자마자 뜨겁게
녹아내리는 투명

누군가 불어넣은 숨결처럼
곧 사라질 무른 세계가
하얗게 펼쳐진다

메멘토 모리*

바다로 난 그네에 맨발로 앉는다
오늘의 전망은 바다

먼지를 털듯 야자수 잎 부르르르
소리가 구름으로 모였다
엉기고 각기 다른 방향으로 사라지다

먼 곳의 소식 대신
오늘의 피사체는 맨발의 클로즈업

긴 그림자를 너는 필름에 담았다
그 끝이 어디에 닿는지도 모르고

그리고 오늘의 절망은 바다
한가운데서 풀어지는

구름의 그림자가 그네를 밀고
야자수 잎 떨릴 때

손뼉을 치는 것도 같았지만
침잠하는 손들 같기도 하였어

그네가 올랐다 내릴 때마다
그 많은 손들의 절박함

그넷줄에 매달린 소리를 우리는
더욱 세게 그러쥐고

그림자의 끝에 걸린 바람
시간이 그 끝에 멈춰 있었어

아주, 아주 잠깐이었지만
부르르부르르 알 수 없는
슬픔이 흔들리는 것을
우리는 보았다

* memento mori, '죽음을 기억하라'라는 뜻의 라틴어.

낙산사

잊었던 귀에 익은 목소리가 거리에서
내 이름을 부를 때
의식의 한 층위가 수면 밑에서 느리게
올라온다 자고 있던
것도 아닌데 마치 졸던 고양이마냥
기억의 등이 주욱 기지개를 켜고 낮게 깔았던 등을
일으켜 세우는 것이다

그러므로 생각하는 것은
깊은 산세를 들켜버렸다는 것
신혜정!
장바구니에 가지런히 담긴 한 상자 딸기처럼
같은 시간의 향이 공기 중으로 흩어지는 것을
바라보다가 냄새 맡다가

뭐, 이런 슬픔이 다 있어
부르지 말 걸 그런 이름도 있다는 것을
유유히 확인하는 것입니다

홍련암 앞으로 핀 해당화 선홍빛에
손을 뻗지 말 걸 그런 후회도 있는 것입니다

그림자를 감싼 붉은 햇살이 싹뚝
나와 타의 경계를 긋는다
칼날에 베인 것은 그러므로
붉은 껍질이 아니라 뚝뚝
떨어지는 과즙의 내용일 것입니다

느긋한 것은 어쩌면
신 침 가득히 참았던 말
빛에 베인 한 조각 하늘
꽃잎이 베어 놓은 곧 떨어질 경계

바위에 드러누운 고양이의 하품 위에도
햇살은 붉고 따가울 기세입니다

선셋홀

그림 속으로 들어갑니다

자박자박 걸어가
얼굴부터 묻겠습니다
발뒤꿈치 그
마지막까지

그런데 왜
물처럼 닿을 거란
예감이 들까요

부드럽게 그림은 거울이 되고
코에 눈가에 이마에 물기를
적셔줄 거란
촉
촉
촉,

분홍과 어지러움
사이드로 멀어지는 파랑과
뒤로만 이어지는 노랑

다가오는 잿빛 사이
시옷으로 넘어가는
새 떼의
ㅅㅅㅅ
　ㅅㅅ
　　ㅅ
　　ㅗ
　　ㄱ

어렴풋한 슬픔으로
물들어갑니다

영원히
뒷모습으로만 남는

부조가 될 것입니다

유구한 일

― 유기;遺棄

허공에 대고 외친다 나여 아무것도 아닌 자여 우리는 별
에서 왔고 에너지로부터 유기;遺棄되었지 그러니 허공에서
비롯되었다고 말해야 할까 너여 함께 허공인 자여

메아리가 없다 없으므로 메아리에 대고 외친다 다시 돌아
오지 않을 이름들에게 돌아오지 않음에서 나는 비롯되었고
돌아올 수 없으므로 너는 비롯되었다 죽음으로 끝난 것은
끝내 비보가 될까

슬픔이라고 외친다 가슴을 치며 울 수도 없는 손이 없는
자여 통곡할 입이 없는 자여 그리고 너 눈이 없어 눈물을 흘
릴 수 없는 것들이여

별의 부스러기를 씹는다 사막의 모래에 닿아 있다 나의
외침은 돌아오지 않고 너는 메아리가 없다 잠깐 슬펐다가도
우리는 아무도 모르게 입을 달싹이곤 했지 갓 태어난 아이
처럼 처음을 상상하며, 허공에 대고

궁수자리

.

은하의 중심을 향해
달린다 타닥타다닥
불의 심장 소리를 듣는다
작은 미련에도 활활 타오르던 마음
아프게 멀리로만 튀어 나가던

2부

여름이었다

그런 밤도 있을 것이다

아무것도 생각나지 않는 검은 생각의 밤
아무것도 생각나지 않는 것을 생각하는 밤

약수에서 상왕십리를 지나 왕십리에 이르는 동안 생각했
던 것 혹은
버티고개 지하 깊은 터널로 끝도 없이
에스컬레이트 되는 동안 스쳤던 것 그도 아니면
동호대교와 한남대교 사이를 서성이던 매연과
새벽 강변북로의 가로등에 남아 있던 말들

가로등 불빛을 위에서 내려다보는 건 어떤 기분일까

빛을 마주 보는 자와
빛의 뒤에 서 있는 자와
빛의 방향을 가늠하는 자에게
빚지기로 한다 공평하게

나는 운전대를 잡고

뱀처럼 기어를 스르르
풀고 핸들이 이끄는 대로 생각한다
그것은 아무 생각 없이 보는 영화처럼
공평하다 누군가를
죽일 수도 있다

수도 없이 죽였던 시간을 되돌리듯
오늘은 빨래를 널고 죽은 듯이

빨랫줄에 매달린 나를 보게 될 것이다

바람의 집

　모래바람이 불어와 꼼짝없이 게르에 갇혀 있습니다. 여과 없이 훅, 들어오는 자연의 움직임과 불안정한 통신에 기대 희미하게 안부를 묻습니다. 모스부호처럼 짧고 명확하게. 그러나 무엇을 전할까요. 바람에는 지평선 너머에서 도착한 말들로 가득합니다. 풀을 뜯던 수다스러운 양의 일상, 갈퀴를 휘날리는 말들의 이동, 평원을 가로지르던 영양의 발자국, 언젠가 당신이 남긴 약속의 말이 도착합니다. 먼 곳에서 불어오는 소식은 흐릿하지만 그것을 어렴풋하다고 생각해 봅니다. 우리가 지나온 생의 기억을 이 바람이 어렴풋이 실어 옵니다. 와해된 기억들이 게르의 천장을 흔듭니다. 바람의 가장자리가 펄럭입니다. 온통 둥근 것에 대해 생각해 봅니다. 끝도 시작도 없는 평평한 세계의 중심에 나는 다시 둥근 집을 짓고 스스로 갇힙니다. 여과 없이 훅, 들어온 당신에게 온통 마음이 빼앗기던 그때처럼 중심을 잃고 흔들립니다. 비포장도로를 매끄럽게 지나온 바람의 울퉁불퉁한 상처는 누구에게 가 닿을까요. 덜컹거리는 문틈에도 바람의 살이 베입니다. 아주 오래된 슬픔이나 애써 잊었던 상처 같은, 어렴풋한 것들이 지나갑니다. 훗날의 우리는 오늘 날려 보낸 바람의 통각을 기억할 것입니다. 너무 오래돼 와해되기 직전 구름의 모습으로 지금 이 순간을 기다리고 있을 겁니다. 불이 나기를 기다려 발아하는 쉬오크*의 솔방울에 오늘의 바람을 담습니다. 뜨거운 생의 한순간을 위해 백 년 천 년을 품는 오랜 기다림으로 모스부호처럼 짧고 명료하게 나는 오늘, 타오르는 중입니다.

* 섭씨 200℃ 이상으로 타오를 때에만 발아하는 나무의 일종.

와이드하고 너무 가깝게

그런 앵글에 갇힌 적이 있다. 넓게 펼쳐진 사막의 모래언덕 위, 연료를 소진한 파일럿이 바람에 운명을 맡긴 채 최후의 비행을 하듯 소리는 없고 사위가 고요해지는.

느린 장면들이 지나간다. 새와 구름, 어쩌면 사막을 횡단하는 코끼리 떼, 그 사이 매복한 표범의 눈빛.

꿈속에서 영화를 보는 나를 꿈속에서 보았다.

머리카락 한 올이 가리키는 모래언덕의 끝, 날카로운 태양이 눈을 찌른다. 태양이 바람에 흔들린다.

영화는 지하철에 앉은 옆 사람의 액정을 따라 흐른다. 액정을 바라보는 꿈속의 나를 꿈속의 내가 바라본다.

너무 가까워서 오히려 서로를 통과하는 새와 바람.

접사 되지 않는, 꿈이 열리고 꿈이 닫힌다.

장면을 분절하듯 몇 겹의 꿈을 한 줄에 세운다. 닫힌 앵글, 소리는 없고 덜커덩거리는, 심장만 고요히.

훅, 끼치는 바람의 끝. 나는 가만히 있거나 배경을 스치거나. 여러 겹의 내가 덜컹거리며,

아무 말 없이 십 초가 영원처럼 지나간다.

바라보다

잠이 들었나
눈을 떴는데 꿈속이었다

의자에 앉아 책을 보는 중이었다
읽기를 멈춘 것은 고양이가
책 위로 뛰어올라 앉았기 때문이다

정확히
꿈, 이라는 글자 위에

잠이었나 눈을 감았는데
현실이었다

너무 현실적이어서 꿈인지 생신지가
구분되기 어려웠다 다만
고양이가 그르릉 소리를 내고 있었으므로
그것을 시냇물처럼 흘려보내기로 했다

모든 현실이
형상을 갖추고
눈앞에 나타났다
사라졌다

어제 입었던 옷
그제 산 가방
쓰다 만 시
엎질렀던 말……

세차 직전에 차의 보닛을 보듯
그것을 쓸어보는 애꿎음

손에는
지난 계절의 먼지로 가득할 것이다

착각이었나
고양이가

무릎에 앉았던 건

얼굴을 부드럽게
쓰다듬다가 다시

꿈에서 시작한다

한 장을 넘기고
다시 한 장을 넘기는
사이

아득하거나
너무 가까움이
문득 아찔하다는 생각

순간이
곧 영원이라는 것에 대해
생각해 보는 것이다

하품

오늘은 지루해도 내일은
눈물 나게 좋을 거야

방금 하품을 마친 내게
당신이 말했지

잠깐의 무료함을 달래느라
손톱을 깎던 나는

그거 눈물 나게 좋은데
라고 말했지

눈물을 훔치며

편지

— 사구砂邱

　발자국. 그곳에 발을 포개자 길이 됩니다. 그렇게 쌓인 것을 시간이라고 부를까요. 나는 시간을 밟고 갑니다. 장난감 가게 앞을 서성이는 어린아이의 고민을 보세요. 그 무게를 가볍다 말하지 말기로 해요. 전 생애를 건 최후의 고민과 신중한 결정이 이라고 합시다. 보세요, 아직 온기가 있어요. 당신의 발자국에 내 발을 얹어 보는 일. 그것이 하찮다 말하지 말기로 해요. 발의 무게가 너무도 가벼워 포갠 시간을 결코 눈치챌 수 없다 해도 말이에요. 길을 만드는 자가 있습니다. 길을 만드는 줄도 모르고 만드는 사건들이 있습니다. 누군가는 사건을 따라갑니다. 누군가는 따라가지 않는 사건들이 있습니다. 당신과 내가 만든 무수한 샛길들. 그 샛길의 시간이 잠깐은 만나지기도 하는 법이에요. 그러니 아무것도 아니라는 말은 아무거나이거나 모든 것이거나. 여기 아무거나에 하늘의 별을 갈아 놓은 시간이 있습니다. 그 시간에서 날아오는 냄새들이 있습니다. 운석이 있고요 그것을 붙드는 중력이 있고요 항성 간의 밀당이 있고요 서로 얽힌 우주가 있습니다. 그사이 어쩌면 익숙한 냄새를 만날 수도 있겠습니다. 그것을 우리는 향수라고 불렀습니다. 어쩌면 기억이라고도 불렀습니다. 별이 가루가 되어 시계視界로 펼쳐지는 오랜 시간을 아득이라 불렀습니다. 온몸의 물을 아득하게 풀어 놓고 그것이 사라지는 순간을 봅니다. 그것을 찰나라 부르겠습니다. 손가락 사이로 사라지는 것들의 환영이라 부르겠습니다. 꽃이 지고 다시 피는 것이라 부르겠습니다. 발자국. 그곳에 발을 포갭니다. 바람이 길을 지우는 것을 무한히 바라보는 것. 그것을 욕망이라 부르겠습니다. 아득과 찰나와 순간과 욕망을 갈아 넣은 그것을 영원이라 불러도 좋을까요. 여기 영원을 담은 모래언덕에 떠오른 발자국들. 그 위로 서른 개의 달이 뜹니다. 달이 서로를 잡아당기는 힘으로 팽팽합니다. 욕망들은 아무것도 아니거나 아무거나 이거나 모든 것이므로, 달 아래 고요합니다. 고요히 우리의 발자국이 지워집니다. 아무 일도 일어나지 않습니다.

편지
— 버드 뷰

물 위의 삶을 알고 계십니까. 우리는 허공에 집을 만들었습니다. 대륙과 대륙 사이 거대한 태평양 한가운데. 삼 미터가 넘는 날개를 곧게 펴고 바람에 몸을 맡기는 것이 우리의 운명입니다. 구름이 움직이지 않는다면 아마 당신들이 촬영한 우리의 영상은 정지화면처럼 느껴질 것이 틀림없습니다. 일주일 동안 한 번의 날갯짓 없이도 바다 위를 유영하기 때문이지요. 그러한, 허공 위의 삶을 알고 계십니까.

검푸른 바다가 주는 양식으로 배를 채우며 우리만 아는 비밀의 섬으로 가 닿는 긴 활공의 시간. 오십여 년 동안 우리는 수천만 킬로미터를 활보합니다. 바다 위에 세운 바람의 집에서도 끄떡없는 오랜 진화의 세월입니다.

비밀의 섬에서, 우리는 비밀스럽게 죽어가고 있습니다만, 바람을 향해 당긴 팽팽한 활시위처럼 제 스스로를 허공에 밀어 넣지 않으면 안 됩니다. 그것이 우리의 운명입니다. 비밀의 섬에서, 비밀스럽게, 우리 알바트로스는 죽어서도 뱃속의 플라스틱 잔해를 묘비명으로 남깁니다. 대륙과 대륙을 지나는 사이 우리는 영문을 모른 채 자꾸만 힘을 잃습니다. 바다 위를 횡단하던 명징한 시야가 흐릿해지는 이유를, 당신은 알고 계십니까. 그것이 우리의 다음 운명입니다.

꽃의 진화

한 겹씩

알을 빠져나오려는 애벌레의 안간힘
온몸을 감싸고 안으로 환한 번데기의 시간
액체에서 기체로 날아가려는

허공에 매달린
찰나

매스를 댄다

우주의 자궁이 잠시 열렸을까

태어날 계절은 그러나
남근으로만 피었던 것을 꽃은

모른다 그냥,
달린다

매달린다

끝이 닿은 자리마다
가득한 열기
뜨끈하고 물컹한 것
만져지는 것
채워지는 것 비로소
뚝,
밟히는 가득 찬
자궁, 자궁들

겹겹 허공을 베면 계절이 열린다는
오래된 배후를 믿은 적이 있다

미러링

오늘은 문득 너에게 편지를 쓰고 싶다는 생각을 했어. 자정 무렵 택시 안에서 만개한 벚꽃이 늘어서 있는 수색을 지나면서 나는 미러링이라는 말을 생각했지. 거울이라는 거, 그게 갑자기 다정하다는 생각이 든 거야. 우리가 비추던 어두운 말들이 사이드미러의 풍경처럼 빠르게 뒤로 사라지고 꽃나무들이 능선을 이루며 눈앞에 나타났지. 그게 너무 설레도록 예뻐서 그랬나. 갑자기 *이렇게 아름다운 순간,* 같은 말들을 너에게 들려주고 싶은 거야. 너는 나에게 예쁘다고 했는데 나는 네가 예쁘니까 거울인 거지. 그 속에서 우리는 각자를 비춰보겠지만 그건 또 얼마나 깊은 거울이니. 봄이야. 느껴지는 게 다. 목울대 저 깊숙이 감춰둔 오래된 염증이 간질간질 일어나 발은기침이 나오기 전의 네 표정을 나는 알 수 있어. 마음에 오래 담아둔 슬픔이 빗장을 열기 전 입꼬리에 살짝 들어가는 힘, 사이를 스치는 잠깐의 한숨……, 서로를 비춰보고 반대편 손을 흔들지라도 결국 같은 뜻이니까 거울인 거지. 그런데 그게 갑자기 찾아왔다면 믿겨지겠니. 저 꽃들의 안간힘 같은 게, 1초마다 달라지는 저 움직임이, 미세하게 떨리는 공기의 흔들림이, 갑자기. 봄이야, 거울 같은. 어제는 없던 뾰루지가 솟아오른다면 나는 그곳에 손이 가겠지. 그렇게 겨울을 비췄나 싶었는데, 아, 손을 미처 대기도 전 톡 터져버리는!

· 언두잉

꽃 피는 봄이 아름답다는 상상

점점점 化

!

처음과 끝에 튀어나오는 감정들은
가운데를 통째로 덜어내면 뻣뻣하게 일어선다

?

설마 하고 의뭉스럽게
너의 시선이 머물다 떠난
순간을 뒤늦게 깨닫는다

,

꽃이 피었습니다 그러나
나는 어제 지났던 길모퉁이를 돌아 그러니까
다음 장면으로 넘어가려는 중입니다

......

모든 소리를 지운 채
꽃은 지고 있습니다 피면서
지고 있습니다

—

사이의 이야기 춤추는 사이 그런데
다음 장면은 나오지 않고
울면서 웃는

:

아이스크림은 예쁘게 담아낸 순간 녹기 시작하지
본격적으로 사귀기 시작한 연인은 곧이어 와해를 시작
하지
해체되기 시작한 것들, 해체되는 줄 모르는

[여기 몇 겹의 부호가 있다]

누가, 무엇을, 아름답다, 말하는,
찰, 나

맨스플레인

당신은 설명을 했을 뿐인데
내가 그렇게 받아들인 것
이라고 했다

당신은 오해라고 했고 나는
가스라이팅이라 불렀다

정작 진실은 정물화처럼
고정된 것이 아님을 깨닫는 데
평생이 흘렀다 나는

그것을 아주 작은 우주의 파편
관측 사상 최초, 라는 타이틀을 달아 주었다

시간은 설명이 필요 없다는 것을
설명할 곳이 필요했다

이미

바다가 백사장에 부딪히는 것은
이후의 세계

입맞춤: 짧은 뒤섞임처럼
모래를 감싸는 바다의
촉, 그
고요를 쓰다듬다 사라진 정오의

햇살, 발음하는 순간의

허공

마주치기 전 완성된

흐르는 것

우리는 모두
움직이고 또

(움직이지 않고)

이미지는 무엇으로 다듬어지는가

생각하는
순간

공허

4

도로가 생기고
카페가 들어섰다

그곳
없어진 마을
없어진 사람

파도는 해안선을 때리고
경계를 깎아내리고 쉴 새 없이

무딘 가장자리인가 벼려진 날인가

끝에 이르는 결국
경계일까 침범일까

생각도 없이 파도는
제 몸을 부수지

무엇을 피하는지도 모른 채 달아나야 했던 아이가 남긴
가쁜 숨소리 같은 파도가
달싹달싹 검은 돌에 닿을 때

산 채로 묻혀야 했던 소리
달빛 가득한 밤이면
애월애월애월, 울지도 못하고
절벽을 때리지

눈물도 없이 밀려 사라졌던 사월
해안의 낭떠러지

편지
— 비문증

눈, 코, 입을 지우고
얼굴을 떠올립니다

막대기를 넘어뜨리지 않기 위해
주변을 없애는 모래놀이

바다를 하얗게 떠 놓은
달

국자 한가운데가 텅 비었습니다

빈 곳을 그리기 위해
가장자리를 떠올립니다

그것은 일테면 사건의 지평선

배경을 그리면 부재가 완성되는
복숭아가 있던 정물

달의 한가운데로 들어가는 일
시간을 하얗게 떠올려보는 것입니다

모르는 얼굴

길게 늘어선 행렬이
얼굴과 포개진다

엄마 품에서 잠든 아기
석양이 그의 이마를 간질일 때
배냇머리 살짝 건드리던 바람

에메랄드빛 바다
해거름에 반짝이는 서우봉 검은 모래

어디에서
찾을 수 있을까

제주 바람이 매섭다는 건 포근한 기온만으로는
가늠하지 못해 사월, 바람은 옷을 뚫고
살갗을 파고든다

오래전 그 바람

아기의 이마를 타고
과거로, 과거로

서우봉 검은 모래 해변에서
잔뜩 웅크린 어깨
꼭 감싸 안은 엄마의 팔
들썩들썩 떨고 있는 노인의 어깨가
잠시 붉게,
붉게 노을로 번지면

잠깐 검은 모래에 뚝뚝
떨어지던 모르는 얼굴의 붉은
피가 울지도, 흘리지도 못하고 흔들리던
어깨와 죽은 엄마의 품 밑에서 간신히 숨 쉬던
아기의 손 잠시 살아나

노을 탓일까
우리는 얼굴을 묻고 숨죽여

바람을 피하고, 토벌대와 무장대
그런 건 모르겠고 그냥
살고 싶소.

마음속 속삭이던 말을
바람은 휘휘 실어와
석양에, 석양에 풀어놓지

핏빛 노을 밟고 서서 우리는 잠시 뚝뚝
모르는 얼굴들을 길게 풀어 놓고

3부|

시간의 집

모퉁이를 돌면 계속 막다른 모퉁이입니다.
잠이 부족한 것은 어쩌면 노인이겠죠.

등 뒤로 들러붙는 잠을 쫓으며 꾸벅꾸벅
자장가가 졸고 있습니다.

사십 년째 등에 업혀
오지 않는 잠을 부릅니다.

잠에서 깨어났는데 계속 꿈속이라면
그것은 악몽일까요.

머리가 하얗게 센 건 아기라고요.
피부가 딱딱하게 굳은 노파의
살갗에는 군데군데 검버섯이 피어 있고요.
아기는 등 뒤에 종잇장처럼 바스락바스락 매달려 있습
니다.

사스래나무 군락지였을 겁니다.
나뭇결에 조용히 안부를 묻어두고 오던 길

그때도 아기는 하얗게 센 머리를 뒤로 젖히고
꾸덕해진 할머니 살갗에 제 살을 비비고 있었던가요.

밤새 내린 눈에 발이 푹푹 빠지던 산길
뿌리를 하늘에 박은 채 고요히
잠자는 숲속의 할머니와 아기

할머니는 여전히 불면 중에
아기를 재우는 중이었고요.

얼음의 집

먼 곳에서 안부가 도착합니다
사방이 막힌 이곳은 그러나 투명합니다

당신의 안부는 조명처럼 너무 환해
잠깐 눈을 감습니다

동공이 수축되기를 기다리며
시간이 조금 흐릅니다

눈앞에는 모두 뾰족하고 날카로운 것들
그것들은 반짝입니다
쇼윈도에 걸린 마네킹처럼
나를 전시하고 있습니다

오랜만에 그리운 이의 번호를 눌렀는데
없는 번호라고 나올 때의 허무처럼
닿는 자리마다 녹아 없어지는
그러나 이곳은 투명합니다

투명해서 미칠 지경입니다

바람에 얼음 알갱이들 실려 옵니다
어쩌면 비로소 당도한 모래의 말일 지도 모릅니다

잘 지내십니까?
몰래 썼던 일기장을 나는 아직 간직하고 있습니다
사방이 막힌 이곳에서 내 일기는
잘 전시되고 있습니다

시리고 투명하던 마음
닿은 자리마다 녹아내리던 당신의
안부가 켜집니다

가만히 백야의 해가 뜹니다
진 적도 없는데 다시 뜹니다 마음처럼
가려는 곳에 기어이, 햇살이 도착합니다

그러니 오해일 것이다 우리가 만났을 리가
없었다

오해일 것이다
눈이 순백이라는 것은

우리는 뒷모습이 없는 사람
안녕하고 돌아서며 다시

안녕, 웃으며

소복소복 쌓여가는 눈을 밟고 지나간다 우린
발자국이 없는 사람

지나온 것을 지우는 사람 그러므로
뒷모습을 본 적이 없다
뒤를 돌아보면
방긋,

사라질 것 같았다

앞으로만 걷고
앞으로만 먹고
앞으로만 손잡았지

남이 입혀준 옷을 걸치고
종이 인형처럼 너덜너덜해질 때까지
웃었지

오래 서성였던 망설임 같은 것

내가 붙여준 적 있는 눈코입을
갖고 있었지 당신은 그렇게
앞면일 것이다

뒤돌아서면 눈코입
등을 기댈 수 없었지

손을 잡고 무른 세계를

걸어가자

언젠가 그런 말을 했었다
나는 이렇게 살고 있다고
나는 앞면으로 웃었고

뒷면이 빠르게 지워졌다
사방에 눈코입을
그려 넣고

그립지 않다고 말하는 사람

사방에 붙은 안녕이
녹아내리기 시작했다

영은 영

아무것도 없는 것을 공허라 부른다면
그건 세상에 없는 의미가 되고 말 거야

옛날 사진은 모두가 왜 촌스럽고 우스꽝스러운 거지?

이십 년 전 사진의 뒤를 좇다 문득
사이로 떨어지는 감정들을 줍다

영에 영을 곱하면 다시 영
영영 돌아오지 않을 것 같았다

흑체

　자꾸만 나는 물을 생각해 그것은 물처럼 다가왔다고. 물과 물이 섞여 무의 경계가 되듯, 그건 뭐였을까. 눈빛이 수직으로 꽂히는데 근원을 알 수 없는 진동이 느껴졌어. 빨강은 색이 아니라 초당 400조 번의 흔들리는 동체. 우리는 이렇게 한시도 멈춘 적 없는 세계에 살고 있고 어느 날의 일기를 엿보다 들킨 사람의 얼굴로 나는 자꾸만 물을 생각해. 생명의 근원이자 죽음의 방정식, 섞이고 섞이다 결국 불시착하는 이들, 기억을 허무는 바람, 바람은 누군가의 눈물이 만들어 낸 공기의 이동……, 그것이 어디로 닿을지 계산하기에 우리는 너무도 뜨거운 차원에 살고 있어. 그런데 뭐였을까. 이 빛을 품은 완전한. 지금 눈을 뜨면 당신은 사라지고 없겠지. 우리는 늦게 도달한 빛이었고, 너무 빨리 흘러간 물, 두근거리는 빨강이었을지도 몰라. 무수한 경계로 잡히는 액체의 터치. 꿈도, 이생도 아닌, 사이의 흔들림. 온 생애를 걸고 다투는 연인의 집요함처럼, 아직 던져지지 않은 이별. 눈을 뜨지 마. 완전하게 해체해 버려. 처음부터 없었던 것처럼.

플루토

잔잔한 물결에 이는 파문처럼
소리 없이 퍼진다.
격렬한 흔들림.
흔들림은 새로운 문을 열고
열고 열고 부딪히고
서로를 열어 다시 속살을 젖히고
치고 치고 자극하고 툭,
하는 한 번의 자극에도
영원을 약속하듯.

멈추지 말자고 했다.
내가 여기에서 출발하면 당신은
반대편으로 가 최대한.

마주치지 말자고 했다.
우리는 문을 연 자들.
무엇이었는지
말하지 않기로 했다.

아름다운 것에 눈먼 죄.

그런 오류가 있었다고 기록하기로 하자.
한 번은 사랑이었고, 한 번은 증오였고,
한 번은 이별이었고, 한 번은 그리움이었다가,
한 번은 죽음이었고, 한 번은 영원이었던.

이 말할 수 없는 세계를 우린 열었고
서로를 파헤치고 속살을 헤집어 결국
파괴가 파괴가 아닌 그곳까지
내려갔다.

모든 흔들림은 안으로부터 온다.

진동하는 입자들
가시可視 밖의 선들

감촉도 없이 툭, 툭, 툭,

검은 빗방울이 떨어지는 이곳은

지금

꽃의 기원

— 아라키스*의 잊혀진 문서 중

환상을, 손에 잡힐듯한
미래를 보는 자에게는
무연함이 필요하다

붙잡으려는 집요함
눈을 감고도 바라볼 수 있는
다른 차원의 감각

모래 벌레여, 물에 목마른 자여
모든 것을 삼키고도
영원한 갈증인 너는
물에 닿는 순간
치명상을 입는구나

물과 모래는 서로를 끌어당긴다
생각하고 예견하고 판단하고
비판하고 비난하고 데서
멈추지 않은 채

폭주하는 것들!

비행기에 앉아
달리기를 하는 사람처럼

상상은
방향이 없고
멈추지 않으며
푹푹 발이 빠지고
소문은 무성하게
풀 대신 자라난다

거대한 모래 벌레가
지나간 자리

뒤에 남은 바람이
알갱이로 씹힐 때

우리는 씹다 만 껌처럼 이야기를
만들어 내고 환상을, 손끝에 닿았던
감촉에 대해 이야기하지

어떤 전쟁도
어떤 평화도
시작하지 말 것

물에 빠진 감각처럼 틈이 없을 것

다른 감각들이 피어나지 눈을 감고
이미 지나간 모래를 상상하지

무연함이
오래된 상처를 어루만지는 것을 바라보네

* 소설 『듄』의 배경 행성.

심리상담

꿈을 꿨는데 내가 누굴 죽이고 살인 현장에 다시 찾아가는 꿈이었어. 분명 이유가 있어 죽였는데 누구인지가 생각이 안 나는 거야. 현장으로 가는 길에 탄 버스 기사가 그 장면을 누군가에게 설명하기 시작했어. 젊은 사람이 안됐지 뭐야, 울기도 하면서. *공개되지 않은 생각을 누가 가져갔지!?* 생각하다가 탱자나무 한 그루가 어귀에 있는 마을 입구를 지나 비포장도로가 시작되는 삼거리에서 나는 내렸어. 왼쪽은 비포장도로이자 사건의 현장 방향, 오른쪽은 포장된 시골길이자 버스의 회차 지점이었지. 나는 비포장도로 쪽으로 눈길을 한 번 주고는 주변을 의식하며 반대 방향으로 걸어갔어. 스마트폰에는 이 사건을 공모한 사람의 문자가 찍혀있었지. 탱자나무 삼거리로 오라는 거였지. 그때 아까 탔던 버스 기사가 황급히 달려오더니 나를 용의자로 지목하며 다그치기 시작했어. 이상하더라 꿈에서는. 그 사람이 다그치고 소리를 지르는 중이었는데 내가 누구를 살해하던 그 밤 칼이 꽂히던 육체의 선연한 느낌이 팔뚝에 돋아났어. 근육을 찢고 뼈를 관통하는 칼의 느낌이 무뚝뚝하게. 나는 막 울면서 기사에게 아니라고 했지. 우는 표정이 가식적으로 보일까 봐 살의의 느낌이 돋아난 팔뚝에 얼굴을 묻고. 나는 그곳을 벗어나 걸었고 그는 탱자나무에까지 나를 쫓아왔지. 네 명의 용의자 가운데 내가 하나라고. CCTV에 찍힌 모습이 공개됐다고. 이거 영화를 너무 많이 본 거 아니야? 아 그래도 나는 백인이 아니라서 이 드라마의 주인공이 되기엔 좀 부족하지 않겠어? 키가 160도 안 되는 마흔 넘은 동양 여자의 살인사건은 치정이나 복수가 아니라면 가당찮은 일이지. 너는 내 이야기를 들으며, 너는 치정도 복수도 아니잖아? 하며 하얀 종이에 나의 가족력을 하나씩 적어 갔어. 여기서부터 시작하지. 아버지는? 어머니는? 언니는? 오빠는? 동생은? 남편 없어? 그럼 마지막 성교일은? 이거 호구조사입니까? 나는 호구가 된 기분으로. 무의적으로 대답하는 가운데 어느새 흰 종이가 꽉 차버렸고, *아 이것도 꿈인가.* 나는 조금 지루하게 하품을 했지. 그런데 내가 죽인 사람은 누구였냐고. 그걸 묻고 싶었는데 너는 어느새 음식이 가득 차려진 테이블을 탱자나무 아래 묻으며 나를 부르고 있었지. 그렇다면 나는 어느 호구로 가야 합니까. 역시 잘 차려진 테이블은 나의 자리가 아니라서 밝게 빛나는 출구로 막 달려

가다가, 살의 가득한 팔뚝에 얼굴을 묻고 나는 울었지.

　흰 종이를 시커멓게 채우도록 나는 내력을 알 수가 없습니다. 그러므로 살인 현장을 확인하러 간 것은 내가 아닐 수도 있습니다. 물었다는 것은 울었다는 것이 아닐 수도 있습니다.

양양

길고 긴 내장처럼 이어지는 길을 통과하다가 문득문득
아팠습니다
온 우주를 채우고 있다는 힉스 입자가 우리를
관통하고 있었을 겁니다
때마침 나는 막 당신의 차원에서 멀어지던 참이었고
떠나는 모든 것들은 거리에 비례해 멀어진다는 우주의 속
도를 실감하고 있었습니다
팽창하고 있을 때는 그 끝을 알지 못합니다
서서히 소멸로 향하는 백색왜성의 꿈처럼 모든 끝, 끝의
끝……,
끝에 이르기 전까지는 끝을 알 수 없습니다
우리는 마음껏 아프다가 결국은
팽창했습니다
바람을 맞습니다
빛의 속도일 수 있는 것은 오로지 빛
바람의 속도일 수 있는 것은 오로지 바람
어둠은 아직 빛이 닿지 않은 배경입니다
배경들이 하나둘 멀어집니다

지역을 벗어난 라디오 채널이 잡음을 송출합니다
속도 때문입니다
팽창 때문입니다 혹은
충돌 때문일 겁니다
두 개의 중성자별이 서로를 끌어당기는 블랙홀의 전조
끝에 이르면 결국 우리는 새로운 것이 되어야 합니다

산의 가슴을 뚫고
바다처럼 은하수가 펼쳐졌습니다
라디오는 여전히 지지지, 알 수 없는 배경의 언어를 쏟아
내고 있었습니다
　그 주파수를 이해할 수 없다가, 이해할 수 있을 것 같기도
하였습니다
　산의 능선들이 빛의 배경으로 빛나고 있었습니다

K

메뚜기를 꼬챙이에 꿰어 굽거나
개구리 뒷다리를 먹거나
개에게 불을 붙여 뒤쫓던 무용담들이
꼬리처럼 따라붙었다

개미에게도 불이 붙는다는 걸
돋보기로 시험하던 날

입가에 침이 흐르는 줄도 모르고 흐르던
정적

몸통에서 피어오르던 열기를 보며
하얗게 웃었다

다 커서 찾은 초등학교 운동장은
그때만큼 크지 않았고

돋보기로 태양을 보다

망막이 타버린 아이
개미만 한 목소리로 애원하던

그 아이는 작아져서 개미만큼만,
작아지고 싶다고 했다

개미에게 개미만큼이란
생의 전부를 건 무게일 텐데

너도 그때만큼 크지 않다고
입안 가득했던 말들이
……
타들어 간 후

빛의 전부를 모아
꿈속에서 너는 전속력으로
나를 쫓아왔다

파워게임

개를 때리던 남자는 개가 짖어서 툭하면 물그릇을 엎어서 자는데 킁킁거려서 이웃집 사람에게 꼬리를 흔들어서 개를 때렸다

아내를 때리던 남편은 눈웃음을 자주 지어서 길을 물어보던 남자에게 친절해서 툭하면 밥을 차려줘서 재떨이를 달라면 재떨이를 가져다주어서 아픈 어머니를 극진히 간호해서 아내를 때렸다

그해 4월 한라산 중턱에 삼삼오오 모인 사람들은 소풍을 나온 것도 일하러 나온 것도 아니고 그렇다고 한라산의 분화구에서 분출이 있어 피난 나온 것도 아니고 그냥 중산간 마을에 산다는 이유로 죽었다 그들의 일부였던 가축들은 돌보던 주인들이 사라졌다는 이유로 불에 타고 굶어 죽었다 그들을 죽인 사람들은 무장대를 지원해서 무장대의 가족이어서 토벌대에게 협력해서 토벌대에게 장소를 내줘서 죽였다 그러다가 그냥 죽였다 누가 누구를 죽였는지 누가 왜 죽었는지 누가 어떻게 죽었는지를 설명하기 위해서는 삼만 가

지의 이유가 필요하다

죽음과 희생을 정당화할 수 있는 이유는 없다 죽음이 있고 남겨진 자가 있을 뿐 그리고 권력은 그 틈에 파고들어 입맛에 맞게 재단하고 그럴듯하게 포장해 전시한다 오늘의 배신자가 내일의 영웅이 되고 오늘의 영웅이 내일의 역적이 되는 전복은 고전적이기까지 하다

나무에 걸어 두고 죽을 때까지 개를 때리는 도살의 현장에서 가장 오래 남는 것은 용도에 맞게 다듬어진 몽둥이이다 몽둥이에게 중요한 것은 주인과 대상이 아니라 그 용도에 있기 때문이다

어느 날 개가 몽둥이를 들었다

롱테이크

막다른 길
돌아 나와 갈래갈래 나뉘어도
힘겹게 오를수록 더
멋진 전망이
펼쳐진다 잘 찍은 사진처럼
선명하게 남는 기억

공항에서 캐리어를 끌고 터벅터벅
리무진 버스에 오른다
뒤로 빠르게 사라지는 기분
다시 털털털털
힘겹게 경사 길을 오른다

갈래갈래 오른쪽과 왼쪽을 능숙하게
돌아 막다른 골목의 끝 집
문을 열면 훅
끼치는 묵은 공기가
오래도록 푹 끓인 사골처럼

살이 삶으로
삶이 살로 이어지는
정육점의 놀라운
장면 전환

여행지의 응달을 아름답다 발음하고
집 앞의 응달에 쓰레기를 내다 버리고 들어오는 길

죽이는 전망과
죽여주는 절망
사이를 전망하다

점점 옅어지는
내일

환상통

이것은 끝날 때 다시 시작되는 이야기. 가다가 돌아오는 이야기. 봄입니다! 와 동시에 기온이 다시 영하로 떨어졌습니다, 와 같은 뉴스처럼. 그렇다면 봄입니까. 겨울은 끝난 데서 다시 시작됩니다. 당신과 잡았던 손처럼 어떤 이야기는 손을 놓을 때 시작되었습니다. 전쟁통에서도 우리는 결혼을 하고—하지 않고 아이를 낳습니다. 우리의 노래는 때로 폭격음보다 크게 울립니다만 그렇다고 폭격이 끝난 것은 아닙니다. 전쟁은 없습니다. 여기에, 전쟁은 없습니까. 끊임없이 분열하고 혐오하고 싸우는 이곳은 전장이 아닙니다. 전장이 아닙니까. 다만 피 흘리고 복수를 위해 칼을 갈고 방어를 위해 성벽을 쌓는 이곳은 지금입니다. 백년이나 이백년 동안 전쟁이 이어진다면 그것은 전쟁입니까 일상입니까. 목적이 있습니까. 싸우기를 명한 신은 거역하는 자를 직접 처단하지 않는 비겁을 먼저 가르칩니다. 우리는 비겁—상부에 다가가기 위해 연습합니다. 뒤에서 명령하는 목소리가 되기 위해 목숨에 중독됩니다. 전장이 일상인 곳에서는 점만이 존재합니다. …… 이름은 기록되지 않습니다.

태어났습니다. 누군가는 무엇을 위하여—위하지 않기 위하여. 오지 않는 봄을 기다리기 위하여 봄이 지나간 것도 모르고 노래를 불렀습니다. 끝없이 걸었습니다. 할 말은 많았는데 할 말이 없었습니다. 신은 뒤에서 복화술로 말하는 법을 배웠습니다. 나를 위해, 나를 기쁘게 하기 위해 싸움을 걸고 서로를 죽이고 유혈이 낭자한 속에서 끈끈한 믿음을 과시하고, 강간하고—당하고, 아비를 모르는 자식들이 태어나고 다시 전장에 뒤섞이는데 그것을 지켜보는 건 기쁜 일이겠습니다, 과연. 거리에 섰습니다. 공중에서 포탄이 떨어지고 공기 중에 유독가스가 떠다닙니다. 학살을 당할 만한 사람들이 여기 있다던데요. 아, 중학교 때 따돌림을 당하던 아이가 있었습니다. 가끔 얼굴에 멍이 들어 나타나기도 하던. 그런, 집단 괴롭힘을 당할 만한 아이가 있었습니다. 집단으로 한 아이를 괴롭히던 아이들은 근엄한 침묵 뒤에 숨어 이런 이야기를 만들어 내고 있습니다.

전쟁은 없습니다. 네, 날마다 전쟁입니다. 네, 전쟁은 역사책 속에나 존재합니다. 우리는 평화롭고 그럴 만한 사람들이 매일 죽어 나갑니다. 없는 페이지 속에 있습니다. 잘려 나간 손처럼 보이지 않습니다. 절단된 다리가 있던 곳에 아프게 존재합니다. 그 끊어진 장에서 죽을 만한 사람들이 시작됩니다. 괴롭힘을 당할 만한 아이가 태어납니다—태어나지 않습니다. 어떤 이야기는 폭격이 울리기도 전에 사라지고 죽습니다.

우리는 점점 신성한 자리에 도달합니다. 복화술로 말하고—아무도 말하지 않고 평화롭습니다, 네. 웃고, 떠들고, 들뜨고, 마시고, 춤추다가 행복한 생을 마감합니다. 나를 위해 싸우는 이들에게 싸움을 더욱 부추깁니다. 피에 중독된 이야기에 마침표를 찍는 순간 진짜 이야기는 끊어진 페이지로 흘러 들어갑니다.

4부

몬순샐러드

선을 넘으면 겨울에서 여름으로 즐겨찾기가 얼마든지 가능하다고 말하고 싶었다. 동남아의 식당에서 바나나꽃이 들어간 샐러드를 먹으며 생각했지. 이 메뉴에는 온갖 계절이 다 들어 있거든. 바람이 실어 나른 것들이. 한여름 더위에 패딩 점퍼를 걸친 사람들처럼 말이야.

나는 순간 조금 늙었다고 생각했지만 그것이 꼭 나쁘지만은 않았다.

선을 넘기란 얼마나 간단한가에 대해 밤새 이야기하다가 결국 선을 넘지 못했다. 계절은 기류에 갇혀 달아올랐다. 지독한 고립, 그것은 오히려 청명한 하늘처럼 아이러니였다—유리 벽 안에 갇혀 바라보는.

컨테이너에 갇혀 죽음과 자유의 선상에서 한 방울 담수를 갈망하는 난민의 절박함. 거기엔 선명해서 넘을 수 없는 선이 있다. 마실 수 없는 해수면에 떠서 갈증이 신기루인지 신기루가 갈증인지를 헤아리지 못하는 환영.

그리고 시간이 흘렀지만 그것은 그저 느낌일 뿐이었다. 정지된 습도가 표면들에 들치근하게 달라붙었다. 손가락으로 스윽 그어버렸다. 선이 선을 지우고 있었다. 입을 달싹일 때마다 짠맛이 났다. 선을 지워버리고 나자 넘을 선이 없어져서 조금 슬퍼졌다.

바람이 불었다. 지워진 선들이 희미하게 말라가는 동안 계절은 제풀에 지쳐 다시 떠난 곳으로 되돌아오곤 했다.

주머니

왼쪽에는 지갑
오른쪽에는 오래된 슬픔

옷과 함께 장롱에 여러 계절 묵힌 것들

주머니에 손을 넣자
살며시 잡힌다

우파적인 슬픔이라면 왼쪽을 선택하리라
잃어버렸던 지갑에 대한 기억을 환기하며 살며시 꺼내
양손 가득 실의에 가득 찬 언어로 채워진 중고 서적을 들
고나오며 아직은 쓸 만한 슬픔이라고 오래된 슬픔에게 되찾
은 지갑의 기억을 환기시킬 것

좌파적 슬픔이라면 그야말로 오른쪽을 선택하리라 오래
된 슬픔을 꺼내다가 착각으로 좌파적으로 텅 빈
지갑이 딸려 나오지 않도록 주의할 것

철 지난 옷 주머니마다 가득한 기억의 과잉 상실

어떠한 혁명도 구멍 난 주머니를 메울 수 없다

좌우 어디를 둘러봐도 그렇다

낙하

냉장고에서 케이크를 꺼내다 문득
언젠가 들었던 말이 칼처럼 케이크에 꽂히는 걸 보았다

그럴 운명이 아니었던 거죠
케이크에 꽂힌 초가 타들어 가는 동안

잠시 미약하게 타올랐고
심지 위로 피어오르던 환한

2019라든가
HAPPY라든가
NEW YEAR의
지나간 드라마

무엇이 사라졌는지 보이니
달콤한 시간의 한 조각 같은
것은 애초에 없었단다

초를 꽂고
초를 빼고

행위만 있을 뿐

그 자리는 밤의 산책자들을 위해
남겨두겠니

강물이 기억하는 소리,
라고 저장해 두고

문장이 남긴 것이 칼처럼
마음에 박히는 것을
가만히 바라보았지

사라진 이야기들
하루살이처럼 오로지
현재진행형이던

냉장고에서 꺼낸 케이크가
무너지고 있었다

아이스크림
드라이아이스
연
기
타
다 만 초

남은 그을음을
나는 먹고

잠시 녹고 싶었다
칼이 꽂힌 채

무중력 쇼

관객 없는 서커스의 맥 풀린 긴장감처럼
정해진 순서에 맞춰 외줄 타기를 해보고 싶었는데
(서커스가 아니어도 상관은 없었다)

줄은 끊으라고 있는 것
전우의 시체를 넘고 넘어
가다가 고무줄이 끊어져도
앞으로 앞으로 앞으로!
(서슬 퍼런 고무줄놀이가 아니어도 입에서 입으로 전해졌
다)

줄을 밟거나
넘거나
서는
것을 잘하려면
주제를 알아야 한다

무중력 매트리스에 누워

무게 잃은 주체들이 떠오를 때
(그곳에선 잠시 브래지어를 풀어 놓자)

공중을 유영하는 손가락
떠오르는 머리카락
끊어진 줄
떠다니는
시체들을 넘어
한쪽으로 잡아당기자
(축 처진 가슴에 봉긋 날개를 달아 주자)

외줄과 함께 공중에서
없는 관객을 향해 느슨하게
입을 다물고 하품을 하다가
풀어 둔 브래지어 끈을 살며시 잡다가
(왜 함부로 입을 다물었지?)

세상에, 방향이 없어졌다

　뛰다가 날다가 걷다가 외줄을 타다 눈물을 흘리다 엎드렸
다 일어섰다 앉았다 누웠다 주제를 넘다 잠깐 졸았는데 모
두 한 장면이었다

　방향이 사라지자
　넘어지지 않게 되었다

　쉿!
　(넘을 필요가 없었기 때문이다)

편지
— 워커

밤에 생각했어요. 내일 신을 신발에 대해. 신발장을 상상하며 낮은 자세로 몸을 받쳐 줄 플랫슈즈를 떠올렸습니다. 밤이 내려앉을 때의 무드 같은 카멜 색상의 스웨이드 플랫슈즈. — 옆으로는 양의 가죽을 부드럽게 무두질한 핑크색 구두가 있습니다. 그리고 인조가죽으로 만든 튼튼한 워커들이 가지런합니다. 복숭아뼈 안쪽에는 단단한 지퍼를 달았고요. 발목을 얽어매는 코팅 끈을 단단히 조이는 상상을 합니다. 나는 내일의 신발로 블랙 워커화를 지목하였습니다. 연한 블루 데님 위에 크림 톤의 풀오버 니트를 입고 검정색 라이더 재킷을 걸쳐 내일의 착장을 완성하기로 합니다. 얼마나 멋진 패션입니까. 이제 밖으로 나가서 공기를 마음대로 가를 수 있습니다. 땅에 떨어진 흙을 아무렇게나 밟을 수 있습니다. 지나가던 개미도 밟을 수 있겠습니다. 누군가가 떨군 담배꽁초, 연기와 함께 뱉은 침을 마음껏 짓이길 수 있겠습니다. 그렇다면 나는 마음대로 걸어 다닐 수 있습니까. 굴러다니고 있습니까. 신발장에는 다양한 신발들이 있고, 나는 내가 신을 신발을 마음대로 고를 수 있어서 다행이라고 생각하였습니다. 겨울에 불어온 바람에서 잠깐 봄의 온기를 느낀 것도 같았습니다. 언젠가 시민들을 짓밟았던 무장 계엄, 서슬 퍼런 시절의 군화. 그 모양을 본뜬 신발이 신발장에 놓여 있다는 사실이, 다행스럽기도 했던 밤. 그 신발을 신고 마음껏 짓밟고 다닐 수 있겠다고 안도하던 밤도 있었던 것입니다. 바람과 햇빛과 공기가 우리의 뺨에 닿아 따스함을, 시림을 때로 매서움을 보여주듯이 어떤 것은 그냥 현상일 뿐이겠지만, 모든 사람이 취해 있는 어떤 밤 홀로 술을 마시지 않은 자의 고독처럼 나는 발은기침을 하며 잠깐 아득해졌습니다. 그것을 현실과의 해리라고 부르지 말기로 합시다. 우리는 영영 앞모습으로만 남기로 했고 뒤를 남기지 않기로 했습니다. 뒤 돌아도 영영 웃는 앞모습으로만. 우리 그만 짓밟히지 않기로 합시다. 이후에 남을 뒷모습은 당신의 상상에 맡기겠어요. 상상은 역사에 남을 것입니다, 영원히.

그러니 이제 그만 히스토리를 지워주시겠어요?

스토리텔링 뉴타운

#만찬

작년에 왔던 각설이 죽지도 않고 또 왔네.

거지가 일 년을 버티려면 얼마만큼의 절망을 노래해야 할까. 살아 돌아왔다는 의미는 아무도 반가워해 줄 이 없다는 것.

나는 오늘도 길고양이를 위해 사료를 나른다. 닭과 가다랑어와 오리와 연어의……

#일상

뙤약볕, 복사열을 흡수하며 익어가던 인부는, 건물을 올리며 가족을 위한 단란한 밥상을 준비했을 것.

밑으로 지렁이와 풍뎅이와 굼벵이들 갈아엎어지고 있다는 것은 너무도 심오한 이야기.

땅 밑 숨죽인 것들 목숨을 건 사이, 살아남아.

#무명

"하청업체에게 과도한 완공을 요구했다는 설명이다"라는
보도에서 주체가 희미하게 사라진다. 인부의 일사병 사망
소식은 한여름 더위처럼 치솟았다가 폐기물처럼 묻히고.

다음 계절 아스팔트 위를 뚫고 나온 민들레 죽지도 않고.

옆으로 바퀴벌레 가뿐하게 길을 건넌다.

#순환

길을 넘어온 바퀴벌레를 낚아채는 길고양이의 유연함.

일 년을 버티기 위한 얼마만큼의 희망이 절실한 때.

호텔 스톡홀름

호텔 스톡홀름
유기농 순면
생리대를 빤다

모스크바에서 급격해진
생리혈은 공항 입국심사를 통과해 여기
스톡홀름까지 왔다 아직은
여성적이라는 수식어를 달고

브래지어의 훅과
생리대의 똑딱단추가
심사대의 금속탐지기에 스캔 되었으리라
덜 위협적인 수식을 단 채, 여기

나는 잠시 휴일
유두 자국이 드러나는 티셔츠를 입고
잠시 스톡홀름

디자인적인 나라의 의자 등받이에서
디자인적으로 말라가는 유기농
면 생리대 잠시 호텔
스톡홀름

시를 쓰는 나도 묻어 둔
근원적 질문

나는 스톡홀름에

왜 왔는가
무엇을 할 것인가
어디에서 와 어디로
갈 것인가

나의 시는 입국심사대에서
피를 흘리며 완성되었고

익숙하게 증거를 지우는 연쇄살인마처럼
비누 거품이 핑크빛으로, 우유 거품처럼
흰빛으로 변할 때까지

백야의 한밤
희붐한 태양빛 커튼 틈으로 들어오는
호텔 스톡홀름

유구한 일

— 갤럭시

마당을
아무것도 하지 않을
마당을

창문을
초록 이파리가 보이는
창문을

초록 이파리를 따라갈
자동차 키를
욕망을

아무것도 하지 않을
욕망을

희망을
마지막 이파리가 떨어질
희망을

우리는 이야기했지

앞서서 웃고
뒤따라가며 멈칫
절망했지
정말

성급하게 손을 뻗었어

우리우리 다 버리고 떠나자
은하로 가자

달과 목성
그를 따르는 위성들
네 개의 나란한 갈릴레오 위성들로

토성이 삼각형을 이루는

시월

마당에서 불을 피우고
음악을 듣고 있었지만 우리는 곧잘
다시 떠났지
먼 우주를 향해

줌을 당길수록 별들은 점점
바삐 움직이고

광안리

길게 뻗은 백사장
밀려드는 파도
조명으로 길게 수평선 따라
뻗은 광안대교

라이브 주점에서 퍼져 나오는 가수들의 열기에
눈길 돌리면
구식 건물에 자리 잡은 터줏대감 요양병원
라면 회사의 대형 광고판을 이고 선 빛바랜 호텔
전망 하나만으로도 끝내준다는 그럴듯한 문구

절반의 리모델링과 절반의 영업 안내가 붙은 건물들
흥미로운 이야깃거리 하나씩 품은 얼굴들

해 질 무렵 광안리
어둠보다 먼저 도착하는 하현과 폭죽

네온사인 드리운 긴 그림자를 끌어안고 달을 향해

오래도록 걸어본 사람은 안다

오랜 시간 묵묵하게
출렁이던 파도

구식 호텔의 커튼 사이 길게 드리운
계절의 햇살
그 온기에 기댄 차가운 몸

갈매기의 등과 밤새 뒤척인 바다의 표면에 반짝
교차하는 시간

시시각각 변하고 찬란하게 달뜨는
우주의 순간을

바다의 교차로라 쓰고
광안리라 읽는다

편지
— 랜드 오브 롤라*

빨강을 따라가 보자. 잎이 빨간 나무들이 우거진 숲에서 롤라, 춤을 춰줄래. 기둥이 빨간 나무들이 서 있는 숲에서 멈추지 말아줄래. 빨간 빌딩까지 이어진 길을 따라 빨강 하늘 핏빛 강을 건너 너를 찾아갈 거야. 빨간 구두를 신고 빨간 드레스를 입고 빨간 가발을 쓰고 빨간 립스틱을 바르고 빨간 콘택트렌즈를 끼고 온통 빨갛게 물들 거야

보고 싶은 것만 보고
해석하고 싶은 대로 해석하고
편견으로 가득 찬 채도의 중심에서
이것은 눈부신 빨강이 아니라고 말해 줄래

빨강을 입고 빨강의 한가운데로 들어가 보자. 피가 없는 혁명을 혁명이라 할 수 있을까. 오로라 없는 북극을 상상할 수 있을까. 따분하게 그만 생각을 해버렸어 롤라. 우리 빨강이 없는 생각을 명상이라고 부르자. 숨바꼭질처럼 명상 뒤에 숨어 춤을 추자. 따분하게 춤을 추자. 아니 따분하게 춤을 추지 말자. 춤이 없는 춤을 추자. 그건 한 방향을 향한 폭

죽. 한 곳을 바라보는 왜곡. 같은 시각으로 이뤄지는 빨강 기도문. 춤을 추자 롤라. 놀라지 말아줘 롤라. 놀란 빨강과 수줍은 빨강과 미숙한 빨강과 수치스런 빨강과 흥미로운 빨강을 섞은 가능성의 세계로 들어가자. 모두 지워진 빨강의 세계에서 서로의 피로 데운 빨간 태양 아래서 뜨거워지자. 생각을 지우자.

빨강을 지우고 마침내 완성되는!

* 뮤지컬 《킹키부츠》에서.

가붓하다

시나브로 다음
계절이 열리려나

그리운 이의 얼굴 잠깐 그렸다
지웠다

지난 달력에 미처 지키지 못한
약속들 썼다가 지웠다

지나가는 것들
먼지의 이력에 새겼다

기다림도 사랑이라면 이것은
생사 넘나드는 지독한 사랑

아무것도 변한 것 없는데
아무것도, 변하지 않은 것이 없었다

칠백 년의 잠을 마치고 첫눈 뜬
아라홍련의 아침

싹을 틔웠나 했더니 이미
만개한 사랑이었던가

사랑이 지나간 자리였나
중력이 다른 차원에서

우리는 휘어진 시간처럼
새벽녘에 잠시 열렸다가
잠 속으로 슬며시 숨었을 것이다

사랑니의 흔적을 혀로 쓸어보는 아이처럼
사랑한 기억도 없이 이미 앓고 난 이의
오래된 상처처럼

오래전 사람 하나가

산과 바다 중 택할 수 있다면
어디서 살겠니?
하고 물었다

새가 지저귀고 물이 흐르고 있었다
바람의 말을 곰곰 씹던 봄이었다
능선 따라 꽃 피면서 새 옷으로 갈아입는 중이었다

어디라면 어떻겠니?
우리가 이야기하고 있는 지금, 여기가 바로 그곳이란다

아주 오래전 뿌리 내린 나무의 말이었다

여러 계절이 지나 사진 속에 남은 가리왕산
오백 년 자리를 지킨 고목들이 사라졌다

인간의 일을 위해 오랜 약속들이
분주히 잘려 나갔다

나무가 있던 빈자리
조금의 비에도 흙이 유실되어 밑으로 밑으로 내려오는 봄
이었다

뿌리내릴 수 있다면
어디로 가겠니?
하고 물었다

어디라면 어떻겠니?
우리는 어디라도 뿌리내릴 수 있단다

흐르던 물이 전해준 말이었다

물의 말이 가리키는 곳을 따라
가리왕산의 능선이
총총 하늘에 걸린다

고목이 있던 자리엔 사붓사붓

아이의 배냇머리처럼

그리움이 별처럼 하나둘
돋아나는 중이었다

눈멀어야 입장 가능한 영원의 집

김유태(시인·문화부 기자)

눈멀어야 입장 가능한 영원의 집

1.

시간은 끝없이 펼쳐진 찰나들의 총합이 아니라, 사라졌다고 믿었던 것들이 끝내 지워지지 않았음을 감각하는 영원의 상태가 아닐까. 시인에게 시간은 길게 이어지는 지속이나 무수한 순간이 직선처럼 연쇄되는 흐름이 아니어서 잊힌 얼굴들과 흘려보낸 말들과 지나쳐 버린 계절이 원점으로 되돌아와 정신의 복화술로 말을 건다. 시간의 저편에서 영원이 인간의 목소리를 빌려 발화한다면 영원은 자신을 이렇게 소개할지도 모른다. 나는 네가 잊은 것들로 이루어져 있다고. 영원의 음성은 가시적인 형상이나 기록이 가능한 주파수가 없기에 시인은 영원의 절대를 눈으로 청취하고 귀로 응시하며 살갖으로 적요를, 내장으로 광각을 감지하곤 한다. 시인은 영원의 머리를 쓰다듬고 시인 자신도 영원으로부터 부축받으며 눈빛을 교환한다. 시인은 눈앞에 놓인 찰나와 영원의 문턱을 드나들면서, 존재와 부재 사이에 놓인 교각 위에 올라, 그 사잇길에 잔류하는 신체가 되기를 희망한다. 그럼으로써 시인은 여기에도 있고 저기에도 있지만, 여기에도 없고 저기에도 없는 상태가 되며 영원과 찰나와 한 몸으로 결속된다. 시인의 몸은 산개하는 찰나들의 아카이브이자 영원의 숨이 기탁되는 보관소다.

신혜정의 시집은 영원과 찰나의 목격자인 그의 화자들이 분기分岐하는 집이다. 사라지거나 지워지거나 잊히거나 흘려보내지거나 지나쳐 버린 고아 유령들이 찰나를 비집고 영원의 틈에서 말을 거는 집. 시인은 자신의 몸을 영원과 찰나가 교차하는 성으로 내어주고, 한때 자신이었던 화자들을 머무르게 한다. 이 집의 거주자들은 이미 죽은 자이며 죽어가는 자이고 죽음으로써 죽어감으로써 산 자, 살아가는 자다. 우리는 그 집으로 진입하면서 영원과 찰나의 관계망 속으로 연루된다. 하지만 저 집의 내부로 입장하기 위해선 몇 가지 경고음을 숙지해야 한다. 이는 첫 번째 시 「편지―에필로그」에 상세히 기술되어 있으며, 시인이 규정하는 세계의 질서는 이처럼 몇 가지 법칙을 따른다. 경고문 앞에서 우리는 잠시 머뭇거려야만 한다.

서쪽으로만 뜨는 해가 있습니다

서쪽으로 져서 서쪽으로만 뜨는

……

그림자가 해 쪽으로 조금 기울었고

나는 눈이 조금 멀었습니다

— 「편지—에필로그」 부분

세계의 질서를 거꾸로 세우고, 한쪽 방향을 자신의 유일한 정면으로 삼아 응시하겠다는 말은 다른 한쪽을 포기하겠다는 고백적인 선언으로 들린다. 시인의 창문은 소멸과 부재를 향하고 있다. 그곳에선 해가 떠올랐다가 저물어 가는 것이 아니라 저물었던 해가 같은 자리에서 다시 떠오르는 전복의 질서로 움직이고 있다. 종결이 곧 기원을 추동하며, 끝에서 시작이 촉발되는 역전된 인과의 세계다.

이 세계의 두 번째 법칙은 그림자가 뻗는 방향이다. 보통 그림자는 해를 등지고 길어지지만 시인이 바라보는 풍경에서 자연의 상식은 이미 무너져 있다. 시인의 그림자는 해의 방향을 향해 거슬러 흐르려 한다. 소멸조차도 다시 기원을 더듬고 있는 세계다. 출발과 도착의 방향성이 뒤틀린 세계에서 감각은 근본적으로 재편된다. 고정되지 않은 위계의 힘, 그림자마저 흡수하려는 해를 바라보는 일은 단순한 환상만은 아

닐 것이다. 그것은 세계의 절반을 폐기한 뒤 몸으로 겪게 되
는 결과다.

기억해야 하는 또 다른 법칙이란 '눈멂'이다. 같은 태양을
바라봄으로써 시인의 화자와 독자는 눈멀어 가는 동반자여
야 한다. 보이지 않아야만 볼 수 있는 세계가 있음을 아는 자
만이 이 세계의 내부에 발을 들일 수 있다. 한 세계를 폐기하
고 등을 돌려 마주한 세계로 진입하기 위한, 개안開眼의 태도
를 시인은 요구하는 것이다.

동일한 방향으로만 정렬되어 있던 세계의 좌표계를 붕괴
시켜야만 시인이 만든 이 집의 문은 열린다. 생의 한쪽을 파
기하고 눈이 멀어 문에 들어서려는 전향轉向을 거쳐야만 입
장이 허가되는 집. 그러므로 시집에 실린 첫 번째 시 「편지—
에필로그」와 두 번째 시 「엑소포니」는 안내문이자 경고장이
며 영원을 보고 눈멀기를 바라는 자를 부르는 초대장, 신혜정
월드로의 진입 조건을 담은 프로토콜이다.

영영 눈멀어 보시겠어요? 영원을
보시겠어요?

— 「엑소포니」 부분

2.

　질서의 전복을 촉구하는 경고문을 탐독한 뒤 집의 내부로 입장하면 신혜정의 화자는 영원과 찰나의 중간 지대에서 기이한 대화를 나누는 중이다. 그들의 진술에 따르면 이 집은 중력과 방향이 없다(「무중력 쇼」). 나침반이 불필요한 세계, 지도가 없어야 도달할 수 있는 세계다. 이 집에선 파괴를 받아들이는 태도 자체가 새 질서로 작용하며(「플루토」), 탄생과 늙음이 순차적이지 않아서 생의 순서는 뒤집혀 있다. 태어나면서 늙어버린 아기와 백년 전에 죽은 노파가 피부를 맞대고 연쇄되는 악몽 속에 갇혀 묵언으로 소통 중이다(「시간의 집」). 유기된 얼음 알갱이와 모래가 빨랫줄에 걸려 잠을 청하는 이들에게 들이치고(「여름이었다」), 아무것도 변한 것이 없지만 모든 것이 변한다(「가붓하다」).

　바다를 접한 이 집의 정원에서도 영원과 찰나의 감각은 되풀이된다. 맨발로만 오를 수 있는 위태로운 그네 아래(「메멘토 모리」) 가속하며 회전 중인 개(「편지-에필로그」)와 늑대로 진화 중인 양(「내가 그린 늑대 그림」)이 가쁜 숨을 몰아쉬듯이 서성거린다. 화자들의 모든 이야기가 전개되었을 때, 모든 이야기는 다시 처음의 순간으로 회귀하며 재생되므로(「와이드하고 너무 가깝게」) 이 집에서 기억은 과거와 미래를 향해 동시에 흐르고 있다. 유령들의 말은 영원을 향해 있어 이 집은 내부가 외부보다 넓다. 들을 수 없는 화자들의 말은 영원과 찰나의 진자운동에 놓인 언표로 무에 수렴하려 하는데, '영원'은 신혜정의 이번 시집을 움켜쥐는 핵심어로 10편의 시에 등장하며, 단어 수로는 12회 서술된다.

아득하거나
너무 가까움이
문득 아찔하다는 생각

순간이
곧 영원이라는 것에 대해
생각해 보는 것이다

— 「바라보다」 부분

훅, 끼치는 바람의 끝. 나는 가만히 있거나 배경을 스치거나. 여러 겹의 내가 덜컹거리며,

아무 말 없이 십 초가 영원처럼 지나간다.

— 「와이드하고 너무 가깝게」 부분

복수형의 영원'들'은 자기만의 방에 고립되지 않고 상호 호환하며 변주되며 증식 중이다. 고요한 집에서 영원에 대한 화

자들의 말들은 은폐돼 왔던 현실 이면의 순간들을 드러낸다. 영원이 찰나의 총합이 아니라고, 찰나는 곧 영원일 수 있고, 영원조차 찰나일 수 있음을 이야기한다. 화자의 앞에 놓인 시간의 지평이란 초월적으로 펼쳐진 아득한 영원과, 수축하여 스며드는 순간의 찰나 사이의 뒤틀림으로 연결된다. 가까운 것의 아득함, 먼 것의 가까움 사이에서 화자들은 부유하고 있다. 여러 '겹'의 화자들은 쪼개지고 갈라지면서 이 집의 벽을 자유롭게 통과하며 서로의 공간을 응시한다. 그러나 아무리 찰나를 몸 내부로 삼켜도 영원은 완전히 성취될 수 없는 불가능성으로 채워져 있다. 갈증은 해소되지 않고 영원에 도달했다고 느끼는 순간조차도 상처로 되돌아오는 역설의 집. 그러나 영원과 찰나 사이에서의 운동은 무의미하지 않다. 영원과 찰나 사이에서 덜컹거리는 나, 십 초를 영원처럼 인식하는 나, 모든 것을 삼키려고 지금을 견디는 나는 시간의 밀도를 변형시키며 독자의 정신적 살갗에도 흔적을 남기기 때문이다. 신혜정의 화자들은 시간의 균열 위에 머물면서 그 떨림을 독자에게 전이시키려 한다.

모래 벌레여, 물에 목마른 자여
모든 것을 삼키고도
영원한 갈증인 너는

물에 닿는 순간

치명상을 입는구나

언어의 진동을 느끼며 눈여겨 되짚어야 하는 단어는 모래 벌레의 '이름'이다. 단어 아라키스Arrakis는 프랭크 허버트의 원작 소설을 영화화한 《듄》에 무대인 아라키스 행성의 사막 지명에서 왔고, 소설과 영화에서 모래 벌레의 정확한 이름은 샤이 훌루드Shai-hulud로 언급된다. 아랍어 조어로 이뤄진 모래 벌레의 저 이름은 '영원의 존재'란 뜻으로 해석된다고 한다. 해갈되지 않는 결핍을 느끼는 샤이 훌루드는 영원이 육화된 생명이다. 샤이 훌루드는 입속으로 들어오는 모든 것을 갈아버리듯이 세계를 먹어 치우려 한다. 시인이 설계한 영원에 포섭된 독자들은 기꺼이 그 안으로 진입하여 분쇄되어 재탄생되기를 허용한다. 영원은 도달 가능한 완성이나 현실화되는 구원이 아니어서 샤이 훌루드는 세계 아래로 끊임없이 미끄러지고 목적지에 가닿지 못하는 몸짓을 보여준다. 독자는 기존의 자신이 거주했던 언어의 집을 탈주해 '모어 바깥으로 나간 상태'로서의 모습, 즉 엑소포니exophony로 변모한 뒤 세계를 재대면하기에 이른다. 신혜정의 집의 내부가 외부보다 광활하게 느껴지는 이유가 여기에 있다. 한 계절이 한 순간만을 통과하지 않고, 한 순간에 여러 계절이 겹쳐 오고 같은 자리에 되돌아오기를 반복 중이다. 그곳에서 들리는 음성은 터널 바깥에서 터널 안쪽으로 말을 전한다.

같은 자리에 몇 바퀴 계절이 돈다

영원할 것 같던 순간이 지나간다

그러나 증거처럼 내가 남아 있다

지난 시간이 멀리서 애도하고 있을 것

그리고 터널 밖은 여전히

거요, 거요, 컴컴, 컴컴, 울린다

울리며 가슴에 박힌다

— 「검은 시절」 부분

3.

전복되는 질서의 법칙과 영원과 찰나의 감각적인 진자운동, 이 힘의 기원이 어디서부터 비롯되었는가란 질문은 불가피해진다. 화자들은 아무것도 아닌 자의 상태로 유기되어 통곡 중인데(「유구한 일-유기;遺棄」), 이는 한 세계로부터의 떠나옴을 전제 삼는다. 기존의 세계가 어떤 모습이었는지에 대한 단서는 역시 화자들의 진술로 확인된다. 화자들은 저곳에서 떠나와 폭력과의 거리를 두려 한다. 시집 제목『가만히 있어도 되는 날입니다』는「구전 설화 – 작자미상」의 마지막 구절로, 이 시는 이번 시집의 표제작이라 할 것이다. 화자가 거리두기를 시도하는 세계는 신과 국가의 이름으로 이어져 온 폭력적 현실이다. 과거의 지배자인 타타르인과, 이후의 지배자인 이반 4세는 둘 다 약탈과 폭력의 두 축으로 폭력을 정당화하려 했던 권력의 두 얼굴일 것이다. 신혜정의 화자는 삶을 오염시키는 얼굴을 마주하거나 그 힘에 대항하는 선택을 하지 않고 되돌릴 수 없는 슬픔이 번지는 중인 약자의 표정을 어루만진다. 단 한 방울만으로도 비가역적으로 오염되는 이들이야말로 신혜정의 관심사다. 따라서 이 진술은 신혜정의 집에 모여들기 전 화자들이 경험했던 역사이며 그곳으로부터 떠나와야 했던 자들의 고백으로 이뤄진 유언처럼 읽힌다. 가해자도 영웅도 아닌 힘의 기원을 향해 그 힘의 정당성을 반문하는데, 복수가 정의가 아니라 또 다른 자기합리화임을 화자는 명확하게 인지하고 있다. 승자의 논리 속에서 복수를 다짐하는 대신, 또 폭력의 세계에서 그 일부로 복속하며 살아가는 대신, 화자는 차라리 자신의 이른 사망선고를 내린다. 그의 화자들은 나는 과거에 이미 죽은 존재였다고 선언한다. 가학과 복수의 응전에 동조하지 않는 화자는 세계로부터 자신을 분리하려 하므로, 이는 윤리적인 자살 선언이기도 하다.

스스로 유폐를 선언한 자가 된 고아들만이 뒤틀린 질서의 집으로 모여들었다. 찰나의 세계를 뒤덮은 폭력의 프레임, 감당하기 어려운 고통의 안에서 걸어 나와 치르는 죽음은 존재 유실이 아니라 가장 급진적인 존재의 형식이 된다.

속이 시커멓게 타들어 가는 사람에게 잠깐 시선이 멈춘 적이 있습니다. 우리는 말을 타고 대륙을 정복하던 타타르인도 아니고 그에게 조공을 바치지 않겠다고 선언한 이반 4세도 아닙니다. 피의 복수는 활자 속에 존재하지만, 복수는 누구를 위한 겁니까. 목이 두 개인 것처럼 싸워도 목숨은 원래 없던 것처럼 날아갑니다. 전쟁인 줄도 모른 채 죽임을 당합니다. 맑은 물에 떨어진 잉크처럼 죽은 아이의 곁을 지키는 어미의 마음은 순식간에 암흑이 되고 맙니다.

......

오, 나는 어제 죽었습니다.

— 「구전 설화 – 작자미상」 부분

전형적으로 잘 살다 간 이의 부고는

죽은 이를 위한 것이 아닐 것

이제 막 가정을 꾸린, 막 백일이 지난 아기를 둔, 두 달 후 결혼 예정이었던,

이야기가 청자들의 마음을 슬픔으로 물들이는 동안

그이가 지워지고 만다

　시인은 전쟁과 참사라는 거대한 폭력의 궤도만을 응시하지 않는다. 이 시집의 미학은 조용한 폭력을, 폭력의 주변부에서 고개를 들어 바라보려는 데 있다. 「검은 시절」은 기억과 애도 사이에 놓은 부고가 주는 일상적 폭력을 다룬다. 죽은 이를 기리는 부고가 역설적으로 당사자를 이야기 속에서 삭제하고, 청자의 감정만을 중심에 서게 할 때의 폭력 말이다. '이야기가 청자들의 마음을 슬픔으로 물들이는 동안/그이가 지워지고 만다'란 문장 속에서, 망자는 은밀하게 밀려나는 자리에 선다는 것이다. 폭력은 피를 흘리고 뼈를 보이는 지점에서만 발생하는 것이 아님을 시인은 안다. 누군가를 서서히 지우는 일상의 가학은, 침묵의 행위로서도 가능함을 다음 시 역시 증언한다. 「4」에서 '무엇을 피하는지도 모른 채 달아나야 했던 아이가 남긴/가쁜 숨소리 같은 파도가/달싹달싹 검은 돌에 닿을 때'의 순간은 의식 없이 지속되는 폭력의 무심함과 이름 없는 피해자의 침묵을 소환한다. 개발이라는 폭력보다도 중요한 건 도망쳐야 했다는 사실 자체이다. 우리가 무심코 지나온 세계는 화자들의 진술로 인해 다시 호출된다. 이름 없이 사라진 사람과 애도되지 못한 죽음에 대해 화자는 기억하

라는 요청을 부표처럼 띄운다. 말해지지 않은 폭력의 곁에 서
서 기억의 윤리를 복원하라는 청구서이기도 하다.

> 무엇을 피하는지도 모른 채 달아나야 했던 아이가 남긴
>
> 가쁜 숨소리 같은 파도가
>
> 달싹달싹 검은 돌에 닿을 때
>
> 산 채로 묻혀야 했던 소리
>
> 달빛 가득한 밤이면
>
> 애월애월애월, 울지도 못하고
>
> 절벽을 때리지

— 「4」 부분

다시 '집'으로 돌아오자. 신혜정의 화자들이 거주하는 집의
윤곽은 점차 분명해진다. 이 집은 우리가 잊고 살아온 찰나들
이 영원성을 얻어 되돌아오는 유령들의 처소이다. 한때 스쳐
지나갔다고 믿었던 순간들이 문턱을 넘고, 사라졌다고 확신
했던 것들이 다시 호흡을 얻어 배회하는 장소다. 이 집을 떠
도는 유령들은 무력하지 않다. 외부의 힘으로 진화되지 않고
스스로 비밀의 진화를 선택할 능력을 갖춘 개체들이기 때문
이다. 화자들은 존재의 최소 단위로 돌아가길 희망한다. 이전

의 탄생 신화를 불신하고 거듭 태어나는 운명을 선택해 세계의 중앙에 제힘으로 정위치하는 존재다. 나 자신이 누구였는지를 끝까지 의심하는 화자들의 비밀스러운 대화에 귀를 기울일 때라야 진화 양태를 이해할 수 있다. 진화의 모습은 애벌레와 꽃으로 보이기도 하고(「꽃의 진화」), 허공을 유영하는 새이기도 하며(「편지—버드뷰」), 물고기이기도 하다.

나는 '과묵'과 '침묵'을 발음하는 AI가 제작한 영상처럼, 분절된 프레임으로 두 단어의 입 모양을 한 채였다. 묵, —묵… 씽크가 맞지 않는 영상처럼 시차를 두고 느리게 시간이 어긋나는 중이었다. 생에서 생을 빼면 무엇이 남는가. 물에서 물을 빼면 무엇이 남는가. 숨에서 숨을 빼면 무엇이 남는가. 질문을 던지는 차원이 만나는 중이었다. 아마도 폐와 팔다리를 갖지 못한 어중간한 진화의 과정에 있는 생물의 모습을 한 때문일 것이었다. 묵, —묵, 히 느린 동작으로 시간이 지나가는 것처럼 보였다. 과거와 미래 같기도 한 오래된 눈물일 것이었다. 모든 것은 분명했으며 천천히 다가왔다. 가속기의 중심에 선 듯 세상의 모든 진화가 돌고, 돌고, 돌아 숨이 가빠지는 중이었다. 소리가 사라지는 중이었다. 찰나를 영원으로 바꾸는 순간이었다. 팔다리가 가슴으로 자라났다. 숨 쉬던 폐가 꽃처럼 터졌다. 귀를 닫았다. 밖으로 뻗었던 감각이 내면으로 돌아왔다. 생과 물과 숨의 분자구조가 복잡하게 느껴졌다. 하나씩 버리는 중이었다. 침묵을 발

음하자 무가 되었다. 생을 느끼자 새가 되어 날았다. 숨을 달자 수중
생물이 되어 물속으로 들어갔다. 뻐끔뻐끔 마침내 물고기가 되는 중
이었다.

— 「아가미」 전문

　세상과의 '씽크'가 어긋난 오류들이 발화한다. 분자 단위의
상태로 돌아가 세계를 다시 발음하려 한다. 인간의 조건을 벗
어나기 위한 변화 과정은 생을 유지하는 폐를 터뜨리듯 자기
를 조금씩 소거함으로써, 신체를 조금씩 폐기함으로써 진행
되는 역진화다. '생'과 '물'과 '숨'을 해체하고 새로운 감각 체
계를 만들어 내는 화자의 변이는 생물학적으로는 퇴행이지
만 결핍에의 자기 선택은 새로운 호흡, 다른 생의 형식을 부
여하기에 급진적 진화일 수 있다. 생에서 생을 덜어내고, 숨
에서 숨을 덜어내고, 말에서 말을 덜어내는 과정, 즉 언어라
는 껍질을 벗기고 본질로 환원할 때 맞닥뜨릴 수 있는 세계
다. 인간으로 남지 않으려 하고 인간으로부터 벗어나기 위한
시도, 그때 찰나와 영원은 만난다. 소리 이전의 상태, 말들이
제거된 상태, 언어의 바깥 상태인 '과묵'과 '침묵'으로 향하는
순간에 언어는 전달이 아니라 존재를 감각하게 만들기 때문
이다. 시간은 직선의 흐름이 아니라 역방향 혹은 순환으로 흐
르므로 영원은 수축되어 찰나가 되고 찰나는 확장되어 화자

와 독자를 갱신하는 시간 속으로 밀어 넣는다. 우리가 우리를 명명했던 모든 조건으로부터 탈주할 때 모든 의미와 서사가 지워져 비로소 다시 태어나는 것처럼.

모래바람이 불어와 꼼짝없이 게르에 갇혀 있습니다. 여과 없이 훅, 들어오는 자연의 움직임과 불안정한 통신에 기대 희미하게 안부를 묻습니다. 모스부호처럼 짧고 명확하게. 그러나 무엇을 전할까요. 바람에는 지평선 너머에서 도착한 말들로 가득합니다. 풀을 뜯던 수다스러운 양의 일상, 갈퀴를 휘날리는 말들의 이동, 평원을 가로지르던 영양의 발자국, 언젠가 당신이 남긴 약속의 말이 도착합니다. 먼 곳에서 불어오는 소식은 흐릿하지만 그것을 어렴풋하다고 생각해 봅니다. 우리가 지나온 생의 기억을 이 바람이 어렴풋이 실어 옵니다. 와해된 기억들이 게르의 천장을 흔듭니다. 바람의 가장자리가 펄럭입니다. 온통 둥근 것에 대해 생각해 봅니다. 끝도 시작도 없는 평평한 세계의 중심에 나는 다시 둥근 집을 짓고 스스로 갇힙니다. 여과 없이 훅, 들어온 당신에게 온통 마음이 빼앗기던 그때처럼 중심을 잃고 흔들립니다. 비포장도로를 매끄럽게 지나온 바람의 울퉁불퉁한 상처는 누구에게 가 닿을까요. 덜컹거리는 문틈에도 바람의 살이 베입니다. 아주 오래된 슬픔이나 애써 잊었던 상처 같은, 어렴풋한 것들이 지나갑니다. 훗날의 우리는 오늘 날려 보낸 바람의 통각을 기억할 것입니다. 너무 오래돼 와해되기 직전 구름의 모습으

로 지금 이 순간을 기다리고 있을 겁니다. 불이 나기를 기다려 발아
하는 쉬오크의 솔방울에 오늘의 바람을 담습니다. 뜨거운 생의 한순
간을 위해 백년 천 년을 품는 오랜 기다림으로 모스부호처럼 짧고
명료하게 나는 오늘, 타오르는 중입니다.

— 「바람의 집」 전문

　시인은 이제, 끝과 시작이 불분명한 평원 위에 둥근 집을 짓고 우
주를 가둔다. 약속의 언어는 희미하고, 외부 풍경이 불분명한 이곳
에서 바람에 실린 모든 말들이 도착하여 공간을 떠돈다. 게르의 중
심에, 죽음 곁에서 다시 생장하길 꿈꾸는 나무 한 그루가 자란다. 쉬
오크는 타오르기를 기다리는 식물이다. 불이 나야만 제 안에서 씨앗
을 흩뿌려 발아하는 나무, 고통을 통해서만 다시 시작될 수 있는 생
이다. 바람에 살이 베이고 미세한 상처의 흔적들이 과거로부터 건너
와 현재를 관통하고 미래의 차원으로 연결된다. 고통의 임계를 넘어
야만 살아갈 수 있는 나무를 껴안으려 할 때 이 집은 우리에게도 비
로소 출구를 개방한다.

　이 문은, 그러나 바깥으로 열리는 문이 아니라 다시 안으로 펼쳐
지는 문이다. 출구이면서 동시에 입구인 집. 바깥으로 나가려 하지
만 이 떠남은 곧 또 다른 진입이다. 온전히 겪어야만 빠져나올 수 있
는 고통이 있어서, 고통을 잡고 손잡이를 돌리면 고통 안으로 더 깊
어지는 통로가 펼쳐진다. 그 안에서 시인과 화자와 독자는 재배열된

다. 신혜정의 시집을 덮으며 우리는 다른 밀도의 시간 속을 걸어간
다. 죽어 다시 태어난다. 영원은 그렇게 우리와 악수를 한다. 영원은
멀어버린 눈을 뜨며 말할 것이다. 나는 끝도 없이 타오르는 집 한 채
에서, 끝내 오지 않을 너의 노크를 이미 듣고 있었노라고. 신혜정은
긴 기다림을 상형문자로 각인한다.

영원히
뒷모습으로만 남는
부조가 될 것입니다.

— 「선셋홀」 부분